Contes à l'envers

FichesdeLecture.com

CONTES À L'ENVERS (FICHE DELECTURE)   4

I. AUTEURS

II. ÉTUDE DU RECUEIL

La belle histoire de Blanche-Neige
Le Petit Chaperon Bleu Marine
Le don de la fée Mirobola
La Belle au doigt bruyant
Conte à rebours

DANS LA MÊME COLLECTION EN NUMÉRIQUE   12

À PROPOS DE LA COLLECTION   15

Contes à l'envers
(Fiche deLecture)

I. AUTEURS

Philippe Dumas est un auteur et illustrateur contemporain né à Cannes en 1940. En 1976, il publie son premier livre pour enfants, *Laura, le terre-neuve d'Alice*. De très nombreux romans et albums feront suite. Il a également illustré *Les Contes rouges du chat perché* ainsi que les *Contes bleus du chat perché*, célèbres recueils de Marcel Aymé. En 1987, il reçoit le Grand Prix de Littérature Enfantine pour l'ensemble de son œuvre.

Boris Moissard est le meilleur ami de Philippe Dumas depuis quarante-cinq ans, et co-auteur des *Contes à l'envers*. Né en 1942 à Grenoble, ce père de famille nombreuse – tout comme son acolyte – a également exercé ses talents en tant que libraire et chroniqueur au journal *L'Express*. Il est l'auteur de nombreux romans pour la jeunesse, parus essentiellement à L'École des Loisirs.

II. ÉTUDE DU RECUEIL

Ce recueil se compose de cinq contes. Quatre d'entre eux sont une version modernisée et transformée de contes traditionnels, le dernier est une création des auteurs.

La belle histoire de Blanche-Neige

Résumé

Dans une contrée imaginaire où les femmes ont pris le pouvoir, la Présidente de la République ne rêve que d'une chose : être la plus intelligente de toutes. Régulièrement, elle interroge la population afin d'être rassurée. Mais voilà qu'un jour les sondages ne pèsent pas en sa faveur ; la plus intelligente, la plus sympathique et la plus belle se prénomme Blanche-Neige. Folle de rage, elle charge un employé, M. Lecoeur, de la supprimer.

Soucieux de gagner quelque avantage qui améliorerait la situation de sa famille, M. Lecoeur va trouver la Belle, mais au moment fatidique, il ne peut se résoudre à poignarder Blanche-Neige. Il lui avoue alors l'objet de sa mission et lui conseille de fuir le plus loin possible. Blanche-Neige trouve alors refuge au plus profond de la forêt, dans la maisonnette d'hommes qui vivent en marge de la société.

Mais comme tout finit toujours par se savoir, la Présidente a vent de l'affaire. Elle condamne M. Lecoeur, et tente d'agir seule. Elle retrouve Blanche-Neige et lui offre la fameuse pomme empoisonnée. Blanche-Neige croque le fuit défendu et tombe dans un profond sommeil jusqu'à ce qu'un beau jeune homme vienne déposer sur son front le baiser salvateur.

Originalité de l'œuvre

Les amateurs de contes reconnaîtront la célèbre histoire de Charles Perrault. Certes les différences sont nombreuses et font tout l'intérêt du conte, mais il n'en demeure pas moins plusieurs similitudes.

Similitudes	Différences
- Une femme qui représente l'autorité n'a de cesse d'être supérieure aux autres et ne supporte pas l'échec. Voilà pourquoi elle cherche par tous les moyens de supprimer la protagoniste.	- Cette femme n'est pas la tutrice de Blanche-Neige, c'est la Présidente de la République.
- Elle charge un de ses employés de supprimer Blanche-Neige.	- Il n'est pas garde, mais « bon à tout faire ».
- Ne pouvant mener sa mission à terme, il rapporte le cœur d'un animal qu'il fait passer pour celui de la protagoniste.	- Il s'agit d'un cœur de veau.
- Blanche-Neige trouve refuge dans une maisonnette au plus profond de la forêt...	... chez des brigands, qui s'occupent d'elle comme une petite reine.
- La Présidente va tenter d'empoisonner Blanche-Neige.	- Elle se déguise en bûcheronne pour ce faire.
- Un beau jeune homme vient au secours du personnage principal.	
- Ils se marient et vivent heureux.	

Comme le veut la tradition, l'opposante est d'une méchanceté et d'un orgueil sans nom. Elle est prête à tout pour demeurer la meilleure, quitte à braver les lois les plus fondamentales : les lois familiales dans la première version, la loi de la République dans la seconde. Dans les deux cas, la loi divine.

Dans chaque conte, celui de Perrault comme celui de Dumas et Moissard, Blanche-Neige incarne la perfection : beauté, gentillesse, douceur. Voilà pourquoi elle triomphe à la fin du récit, le Bien devant toujours l'emporter sur le Mal. N'oublions pas que les contes avaient et ont encore une fonction pédagogique.

Le pauvre bougre chargé d'éliminer la Belle demeure fidèle à son modèle classique ; c'est un homme honnête et droit, finalement, même si l'espoir d'y gagner quelque profit le fait accepter la mission que lui confie la Présidente. Très vite, il retourne dans le droit chemin, au plus grand plaisir des lecteurs, mais sera malheureusement ensuite [passé par les armes] ».

Le Petit Chaperon Bleu Marine

Résumé

Lorette, la petite-fille du trop célèbre Petit Chaperon Rouge, surnommée « le petit chaperon bleu marine en raison de la couleur de son duffle-coat acheté en soldes aux Galeries Lafayette, vit non loin de chez sa grand-mère à Paris. Un beau jour, sa mère Françoise lui demande d'apporter à l'aïeule des pelotes de laine. La fillette prend donc le bus, mais loupe son arrêt et décide de se rendre au Jardin des Plantes afin de rencontrer le loup dont l'ancêtre rendit jadis sa grand-mère célèbre. Elle conclut un marché avec l'animal et lui ouvre la cage qui le retenait prisonnier.

Arrivée chez sa grand-mère, Lorette est persuadée que le loup a pris sa place ; au moment du fameux baiser, elle sort un couteau de son panier et, ainsi menacée, la pauvre grand-mère est reconduite au zoo et enfermée à la place du loup. Heureusement, les gardiens la libèrent et la fillette se voit bien sermonnée. Mais elle a pu tout de même obtenir ce qu'elle cherchait : devenir aussi célèbre que sa grand-mère.

Quant au loup, le rusé a pris la poudre d'escampette et vit une vie mondaine en Sibérie avec ses congénères à qui il raconte l'histoire du Petit Chaperon Rouge et celle de sa petite fille. Plus de loup en France depuis, les petites filles sont bien trop dangereuses !

Morales du conte

Il n'est pas bon d'envier les autres de quelque manière que ce soit.

Les fillettes peuvent se révéler être de bien plus redoutables créatures que les loups.

Caractère des principaux personnages

À la différence de la version originale, la fillette est envieuse. C'est le désir de devenir aussi célèbre que sa grand-mère, le Petit Chaperon Rouge, qui pousse le Petit Chaperon Bleu Marine à pactiser avec le loup. Mais ce dernier n'est pas dupe, il connaît bien ce qu'il est advenu de son arrière-grand-oncle, et sa malice le conduit à feindre d'accepter de faire la course avec la fillette, mais de prendre la fuite le plus loin possible. Il a ainsi assuré sa liberté et garde la vie sauve.

Le don de la fée Mirobola

Résumé

Le personnage principal de ce conte est une fée. Elle habite dans un immeuble parisien et est la voisine de M. Crocheux, un professeur de physique-chimie, oncle et tuteur du petit Jean-François qu'il maltraite constamment.

Un jour, ce dernier rencontre Mirobola dans l'escalier ; il lui confie ses malheurs et la bonne fée lui accorde un don : dès qu'il versera une larme, sortira de ses yeux une pièce de cinquante centimes. Mais alors son oncle le bat encore plus, poussé par l'appât du gain. Mirobola décide alors de modifier le don : Jean-François pleurera des Gitanes, et lorsqu'il rira, des billets de cent francs sortiront de sa bouche.

L'oncle, grand fumeur et ravis de ne plus devoir s'acheter de cigarettes, tombe malade à cause du grand nombre de cigarettes désormais à sa disposition. Le jour où il met le pied à terre, il s'effondre sur le sol. Jean-François rit et plusieurs billets sortent de sa bouche. L'oncle, tout d'abord stupéfait, change du tout au tout et décide de tout mettre en œuvre pour divertir son neveu. Il devient alors très riche, arrête d'enseigner, garde quotidiennement son neveu auprès de lui et ensemble, ils passent leur temps à se divertir. Comme un bonheur n'arrive jamais seul, M. Crocheux épouse Mirobola.

Caractère des personnages

Mirobola a tout de la fée étourdie, qui accorde à Jean-François un premier don qui est bien loin de lui rendre la vie plus facile. Son objectif est avant tout de rendre le petit garçon heureux, ce qu'elle parvient à faire la seconde fois. Mirobola est un personnage accessible et très humain, ce qui n'est pas toujours le cas des autres fées dans les contes traditionnels. Il lui suffit de se rendre dans la cage d'escalier pour rencontrer le petit garçon et lui venir en aide. Mais comme dans les contes anciens, Mirobola intervient au moment où le personnage en a le plus besoin.

Jean-François est un petit garçon très courageux et très raisonnable pour son âge. M. Crocheux a tout du professeur acariâtre et méchant. Heureusement, grâce à l'ingéniosité de la fée, il changera du tout au tout ; peut-être peut-on se demander si le fait d'avoir cessé d'exercer son métier n'a pas contribué à l'aider à retrouver sa vraie nature...

Originalité du récit

Comme dans les *Fées* de Perrault, ce récit reprend le thème du don accordé à un personnage : Jean-François pleure des pièces – ce qui est une nouveauté – mais des billets sortent de sa bouche lorsqu'il rit. Chez Perrault, lorsque les demoiselles parlent un étrange phénomène se produit : l'une crache des roses, des perles et des diamants (c'est la plus aimable et pourtant la plus malheureuse), l'autre, des vipères et des crapauds (c'est la plus méchante et la plus désagréable). Le récit de Dumas et Moissard se propose donc comme une version modernisée, mais dans laquelle les "gentils" sont toujours récompensés et les "méchants", amenés à changer, et met en scène une fée qui n'est plus aussi parfaite que dans la tradition.

La Belle au doigt bruyant

Résumé

Clément est un beau "prince" vivant à Rouen, en quête d'éléments qui feraient de lui un prince reconnu de tous. En effet, il n'a ni château, ni princesse à embrasser. Mais voici qu'un jour un événement inattendu parvient jusqu'à lui : à Barentin, non loin de Rouen, une jeune fille prénommée Louise, ainsi que tous les habitants de sa rue, dansent de façon frénétique et quasi ininterrompue.

Étant bébé, Louise fut victime d'un sort, car ses parents, qui avaient organisé une fête, omirent d'inviter tante Elisabeth. Cette dernière vint tout de même rendre visite au bébé et jeta sur elle la malédiction suivante : un jour, elle se piquera le doigt avec une aiguille et s'endormira d'un sommeil éternel. Le cousin Bertrand élabora alors un contre-charme : un prince viendra réveiller la belle enfant ainsi que son entourage.

Le jour venu, la jeune fille se piqua le doigt au saphir d'un électrophone (ses parents avaient en effet pris soin d'écarter toute aiguille). Depuis ce jour, Louise dansait sans relâche et contamina même son entourage.

Clément n'a pas de mal à trouver la jeune fille : tous les habitants de sa rue avaient été mis en quarantaine. Clément donne un baiser à Louise qui redevient normale. Il prouve ainsi qu'il a tout d'un prince charmant. Comme le veut la tradition, ils se marient et ont beaucoup d'enfants.

Originalité du conte

Si les similitudes sont nombreuses (l'omission d'inviter un membre de la famille que personne ne tient à voir, la malédiction, le contre-charme, le baiser du prince), ce conte diffère de sa source, *La Belle au Bois Dormant*. Comme les autres récits du recueil, ce texte a été modernisé. L'action se déroule en région parisienne, vraisemblablement à la fin du XXe siècle. Cependant Louise n'est pas de sang royal, et Clément n'est pas un prince non plus. Mais ses qualités suffisent à en faire un prince charmant puisqu'il demeure, du début à la fin du récit, soucieux de venir en aide à qui en a besoin. Il sauve la belle, et en même temps sauve le quartier d'une destruction certaine.

La modernisation de ce conte n'a pour but que de divertir, non de faire réfléchir le lecteur sur ce qui est bien ou mal. Le fait que Louise ne peut cesser de danser est essentiellement source de comique.

Conte à rebours

Résumé

À Frask, capitale de la Boursoulavie Occidentale, un simple citoyen, François Luné, marche à reculons. Seul, pauvre et malheureux, il exerce le métier de veilleur de nuit.

Non loin de lui, la famille royale donne naissance à une petite fille, Chouette. Au cours de son treizième mois, les parents se rendent compte que la fillette, qui fait alors ses premiers pas, est atteinte d'une bien curieuse maladie : elle marche à reculons. Le roi impose alors à ses sujets par décret de faire de même, sous peine d'être pendus. C'est un beau chahut, et tout le monde en souffre.

Un jour, le roi remarque la singularité de François Luné, qui passait dans la rue. Etonné de le voir si bien marcher à reculons alors que personne dans le royaume ne le fait avec autant de facilité, il le convoque et décide de le récompenser. Il lui offre le poste de premier ministre et la main de sa fille. Quinze ans plus tard, François Luné, aimé du peuple, succède à son beau-père qui vient de mourir. Chouette donne naissance à un fils : Vociféro, "par référence à ses capacités vocales". Le jour où l'enfant fait ses premiers pas, ses parents constatent avec stupéfaction qu'il marche sur les mains ! François Luné, désormais François Ier, fait établir une loi selon laquelle ses sujets devront désormais marcher sur les mains. Depuis ce jour, cela fait la renommée des habitants de la Boursoulavie Occidentale dans toute l'Europe, puisqu'ils sont de fameux gymnastes équilibristes, funambules et acrobates.

Originalité du récit

Comme bon nombre de contes, l'histoire se déroule dans une contrée imaginaire et se termine bien. Nous retrouvons des personnages de sang royal (le roi Livarot IX, son épouse Aubergine, la princesse Chouette) qui côtoient un personnage ordinaire au début du conte : François Luné.

Ce dernier, roi à son tour, a tout de l'aimable monarque. Le nom François Ier n'est pas anodin, puisque ce célèbre roi de la Renaissance fit beaucoup pour les arts durant son règne. À son image, ce roi fictif permet à ses sujets de devenir de brillants sportifs. Quelque peu cachée soit-elle, la morale est bien que ce qui paraît être une contrainte peut bien souvent se révéler être un atout.

Dans la même collection en numérique

Les Misérables
Le messager d'Athènes
Candide
L'Etranger
Rhinocéros
Antigone
Le père Goriot
La Peste
Balzac et la petite tailleuse chinoise
Le Roi Arthur
L'Avare
Pierre et Jean
L'Homme qui a séduit le soleil
Alcools
L'Affaire Caïus
La gloire de mon père
L'Ordinatueur
Le médecin malgré lui
La rivière à l'envers - Tomek
Le Journal d'Anne Frank
Le monde perdu
Le royaume de Kensuké
Un Sac De Billes
Baby-sitter blues
Le fantôme de maître Guillemin
Trois contes
Kamo, l'agence Babel
Le Garçon en pyjama rayé
Les Contemplations

Escadrille 80
Inconnu à cette adresse
La controverse de Valladolid
Les Vilains petits canards
Une partie de campagne
Cahier d'un retour au pays natal
Dora Bruder
L'Enfant et la rivière
Moderato Cantabile
Alice au pays des merveilles
Le faucon déniché
Une vie
Chronique des Indiens Guayaki
Je voudrais que quelqu'un m'attende quelque part
La nuit de Valognes
Œdipe
Disparition Programmée
Education européenne
L'auberge rouge
L'Illiade
Le voyage de Monsieur Perrichon
Lucrèce Borgia
Paul et Virginie
Ursule Mirouët
Discours sur les fondements de l'inégalité
L'adversaire
La petite Fadette
La prochaine fois
Le blé en herbe
Le Mystère de la Chambre Jaune
Les Hauts des Hurlevent
Les perses
Mondo et autres histoires
Vingt mille lieues sous les mers
99 francs
Arria Marcella
Chante Luna

Emile, ou de l'éducation
Histoires extraordinaires
L'homme invisible
La bibliothécaire
La cicatrice
La croix des pauvres
La fille du capitaine
Le Crime de l'Orient-Express
Le Faucon malté
Le hussard sur le toit
Le Livre dont vous êtes la victime
Les cinq écus de Bretagne
No pasarán, le jeu
Quand j'avais cinq ans je m'ai tué
Si tu veux être mon amie
Tristan et Iseult
Une bouteille dans la mer de Gaza
Cent ans de solitude
Contes à l'envers
Contes et nouvelles en vers
Dalva
Jean de Florette
L'homme qui voulait être heureux
L'île mystérieuse
La Dame aux camélias
La petite sirène
La planète des singes
La Religieuse

À propos de la collection

La série FichesdeLecture.com offre des contenus éducatifs aux étudiants et aux professeurs tels que : des résumés, des analyses littéraires, des questionnaires et des commentaires sur la littérature moderne et classique. Nos documents sont prévus comme des compléments à la lecture des oeuvres originales et aide les étudiants à comprendre la littérature.

Fondé en 2001, notre site FichesdeLectures.com s'est développé très rapidement et propose désormais plus de 2500 documents directement téléchargeables en ligne, devenant ainsi le premier site d'analyses littéraires en ligne de langue française.

FichesdeLecture est partenaire du Ministère de l'Education du Luxembourg depuis 2009.

Plus d'informations sur www.fichesdelecture.com

ISBN: 978-2-511-03015-8

Notes :